Sylvain Trudel

Le monsieur qui se prenait pour l'hiver

de

la courte échelle

Les éditions de la courte échelle inc.

Les éditions de la courte échelle inc.
5243, boul. Saint-Laurent
Montréal (Québec) H2T 1S4

Conception graphique:
Derome design inc.

Révision des textes:
Lise Duquette

Dépôt légal, 2e trimestre 1995
Bibliothèque nationale du Québec

Données de catalogage avant publication (Canada)

Trudel, Sylvain

    Le monsieur qui se prenait pour l'hiver

    (Premier Roman; PR41)

    ISBN: 2-89021-241-6

    I. Langlois, Suzane.   II. Titre.   III. Collection.

PS8589.R719M66 1995   jC843'.54   C95-940085-0
PS9589.R719M66 1995
PQ3919.2.T78M66 1995

Sylvain Trudel

Sylvain Trudel est né à Montréal en 1963. Après des études en sciences pures, il plonge littéralement dans l'écriture. C'est ainsi que naîtront trois romans et un recueil de nouvelles. Sylvain est un vrai amoureux de la nature! Son passe-temps favori, c'est la marche par grand soleil ou sous la pluie. Il aime voyager pour le plaisir de se dépayser et de découvrir d'autres univers, comme ce village inuit où il a vécu pendant un an.

En 1987, Sylvain a gagné le prix Canada-Suisse et le prix Molson de l'Académie des lettres du Québec pour son roman *Le souffle de l'harmattan*. Dernièrement, il recevait le prix Edgar-L'Espérance 1994 pour son recueil de nouvelles *Les prophètes*.

Le monsieur qui se prenait pour l'hiver est le premier roman qu'il publie à la courte échelle.

Suzane Langlois

Née en 1954, Suzane Langlois a étudié l'illustration et le graphisme à Hambourg, en Allemagne. Depuis, elle a illustré des pochettes de disques, des romans et des manuels scolaires pour différentes maisons d'édition du Québec, du Canada, d'Europe et même de Tokyo.

Aujourd'hui, Suzane se consacre à l'illustration et à l'animation. Le reste du temps, elle peint et elle danse. De plus, ces dernières années, elle s'est découvert une passion pour l'escrime et la voile. Elle adore voyager aux quatre coins du monde: c'est pour elle une source d'inspiration inépuisable!

Le monsieur qui se prenait pour l'hiver est le sixième livre qu'elle illustre à la courte échelle.

Sylvain Trudel

Le monsieur qui se prenait pour l'hiver

Illustrations
de Suzane Langlois

la courte échelle

1
Un drôle de monsieur

Un drôle de monsieur vivait dans le village de Saint-Aimé-des-Saints. Il s'appelait monsieur Beauséjour et il se prenait pour l'hiver.

Pendant l'hiver, on ne pouvait pas savoir que monsieur Beauséjour se prenait pour l'hiver. Il marchait dans les rues enneigées et passait inaperçu. Il avait froid au nez et aux oreilles comme une personne normale.

L'hiver, monsieur Beauséjour portait un foulard rayé, des mitaines d'Esquimau, des bottes poilues et une tuque jaune à pompon mauve.

Quand les habitants de Saint-Aimé-des-Saints le voyaient passer, ils disaient:

— Tiens! Voilà le gros ours polaire!

Monsieur Beauséjour avait toujours les lunettes givrées, même durant l'été.

Le pauvre monsieur avait un grattoir miniature dans sa poche. Il s'arrêtait à tous les coins de rue pour enlever la glace qui se formait sur ses lunettes.

Ce monsieur qui se prenait pour l'hiver ressemblait à n'importe quel monsieur gelé jusqu'aux os.

Quand il attendait l'autobus, il sautillait sur place. Mais quand il entrait dans un lieu où il faisait chaud, il gardait ses vêtements d'hiver.

Quand il allait au magasin, les gens lui disaient:

— Vous pouvez enlever votre

manteau, monsieur. Il fait très chaud ici. Vous ne trouvez pas?

— Non, répondait monsieur Beauséjour. Je trouve qu'il fait froid comme au pôle Nord.

Monsieur Beauséjour ne pouvait pas enlever ses vêtements chauds parce qu'il se prenait pour l'hiver!

Monsieur Beauséjour se prenait pour l'hiver, mais les gens

de Saint-Aimé-des-Saints le prenaient pour un fou. Ils riaient de lui en secret:

— Ce monsieur est un drôle de moineau!

Monsieur Beauséjour et l'hiver formaient une seule et même saison froide. Personne n'avait jamais eu l'idée de le réchauffer, parce que tout le monde était trop occupé à se moquer de lui. Monsieur Beauséjour pensait:

«Mon coeur est comme une cage. Mais au lieu d'avoir un oiseau dans mon coeur, j'ai l'hiver.»

2
Le monsieur et l'été

Pendant l'été, tout le monde regardait le pauvre monsieur Beauséjour. Il grelottait même durant les grandes chaleurs de juillet!

L'été, quand il marchait dans les rues de Saint-Aimé-des-Saints, il laissait une longue traînée de neige derrière lui. Tous les enfants se moquaient de monsieur Beauséjour.

— C'est le bonhomme Carnaval qui fond! Il fond parce qu'il est une poule mouillée!

Monsieur Beauséjour n'aimait pas faire rire de lui. Il n'était pas une poule mouillée. Il se prenait pour l'hiver en plein été, c'est tout.

Il s'impatientait et criait aux enfants:

— Allez donc jouer ailleurs!

Mais les enfants préféraient suivre monsieur Beauséjour. Ils faisaient des glissades derrière lui, dans la neige et sur les flaques d'eau gelées.

Quand monsieur Beauséjour en avait assez d'être ridiculisé, il se sauvait. Il quittait Saint-Aimé-des-Saints et passait l'été au bord de la mer. Toujours vivre en hiver l'ennuyait.

Mais quand il se baignait, tous les baigneurs se fâchaient. Ils se tournaient vers lui:

— Hé! sortez de l'eau! Vous n'avez pas le droit de vous bai-

gner avec nous!

— Mais pourquoi? demandait monsieur Beauséjour. Je ne fais rien de mal.

— Si! Vous faites refroidir l'océan!

Les baigneurs n'aimaient pas ce monsieur qui se prenait pour l'hiver. Ils lui lançaient des roches et des coquillages.

Monsieur Beauséjour, l'air triste, sortait de l'eau devenue glaciale à cause de lui. Il ramassait ses affaires et s'en retournait chez lui, sans amis.

Un jour, il avait pleuré dans la mer. Mais personne n'avait remarqué sa tristesse parce que la mer est salée comme les larmes. Ce jour-là, monsieur Beauséjour s'était dit:

— Si un jour je veux être consolé, il faudra que j'aille pleurer dans une rivière.

Monsieur Beauséjour attrapait souvent la grippe. Quand il toussait, une petite tempête de neige sortait de sa bouche. Et quand il prenait sa température, le thermomètre gelait sous sa langue.

Quand monsieur Beauséjour flattait un chien, le chien attrapait une pneumonie. Quand il marchait dans un parc, les feuilles des arbres tombaient.

Quand monsieur Beauséjour

visitait un zoo, les ours polaires
dansaient de joie, mais les cha-
meaux lui faisaient les gros yeux.

Quand il visitait un aquarium,
les poissons rouges devenaient
tout blancs et durs comme des

glaçons. Quand il lançait des bouts de pain aux canards, les canards s'envolaient vers le sud.

Un jour, la voisine de monsieur Beauséjour lui a crié:

— Vous êtes pâle comme un linge! Vous devriez aller voir le médecin!

Monsieur Beauséjour se prenait pour l'hiver: c'était une sorte de maladie. Un jour, un médecin lui avait dit:

— Il faut manger des pamplemousses et prendre de la vitamine C.

Un hiver, monsieur Beauséjour avait mangé dix mille pamplemousses roses. Des camions venus de la Floride lui apportaient les arbres au complet.

Mais, au printemps, monsieur Beauséjour se prenait toujours

pour l'hiver.

Il avait essayé toutes les vitamines de l'alphabet, de la vitamine A jusqu'à la vitamine Z. Il avait avalé de l'huile de foie de morue, de dromadaire et de kangourou.

Mais rien ne le soulageait. Il se prenait vraiment pour l'hiver.

Tout cela rendait triste monsieur Beauséjour, mais il ne pouvait rien changer à sa vie. L'hiver était dans son coeur.

Il lui arrivait de pleurer et ses yeux gelaient. On aurait dit deux petits lacs en janvier.

Monsieur Beauséjour se disait:

— Je ne suis pas chanceux! Les gens n'aiment pas l'hiver.

Quand il courait, le matin, pour aller au bureau de poste,

des glaçons tombaient de ses poches. Le maître de poste disait à ses clients:

— Nous rions de lui, mais ce n'est pas drôle. Ce pauvre monsieur Beauséjour doit être très malheureux.

3
Une drôle de madame

Un beau jour, une drôle de madame est venue s'installer dans le village de Saint-Aimé-des-Saints. Elle s'appelait madame Courtemanche et elle se prenait pour l'été.

Au cours de l'été, madame Courtemanche ressemblait à toutes les madames qui meurent de chaleur.

Vêtue d'une robe légère, elle se reposait sous l'ombrage des arbres. Elle lançait des arachides aux écureuils et aux petits suisses.

Cette madame qui se prenait

pour l'été portait des lunettes de soleil mauves et couvrait sa peau de crème solaire. Elle épongeait son front avec un mouchoir rose à pois verts. Et elle pelait des clémentines.

Elle aimait s'asseoir sous les parasols des restaurants. Elle demandait au serveur:

— Préparez-moi un mélange de thé glacé, de jus d'ananas et de lait de coco. Et dans une assiette, je veux du melon d'eau et de la crème glacée à la pistache.

L'été, pour se rafraîchir, madame Courtemanche allait à la mer. Elle y construisait de grands châteaux de sable.

Pendant l'été, personne ne savait que cette madame se prenait pour l'été. Elle ressemblait à toutes les madames qui sont

en vacances et qui aiment se
baigner dans l'océan.

Au mois de juillet et au mois

d'août, madame Courtemanche allait dans les boutiques à air conditionné. Elle s'achetait des chapeaux de paille et de jolis éventails japonais. Bref, elle faisait comme tout le monde.

Le soir, quand elle bâillait de sommeil, les étincelles d'un feu de camp sortaient de sa bouche et s'envolaient jusqu'au plafond de sa chambre.

Madame Courtemanche n'aimait pas l'hiver parce qu'elle se prenait pour l'été.

À peine installée à Saint-Aimé-des-Saints, elle connaissait déjà presque tous les habitants du village. Parce que tout le monde aime l'été!

Un soir, une copine lui a demandé:

— Dis-moi, connais-tu monsieur Beauséjour?

— Non, a répondu madame Courtemanche. Qui est-ce?

— C'est un monsieur qui se prend pour l'hiver. Il est tout le

contraire de toi! C'est le contraire du beau temps!

Tout le monde avait ri de cette plaisanterie, sauf madame Courtemanche.

«Si ce pauvre monsieur Beauséjour est le contraire de ce que je suis, pensait-elle, il doit être très malheureux. Parce que moi, je suis tellement heureuse...»

4
La madame et l'hiver

Durant les longs mois d'hiver, madame Courtemanche avait l'impression de vivre dans le mauvais pays. Elle se prenait pour l'été et ne se reconnaissait pas dans l'hiver. Elle soupirait:

— J'habite le mauvais côté de la terre.

Appuyée sur le rebord de sa fenêtre, elle regardait la neige tomber. Elle savait que l'été se trouvait au loin, de l'autre côté de la terre, avec les oiseaux, les fleurs et les papillons.

Un soir d'hiver, elle avait confié à une amie:

— Un jour, j'irai rejoindre l'été de l'autre côté de la terre.

— Mais tu ne pourras pas, avait répondu son amie. L'autre côté de la terre, c'est trop loin de Saint-Aimé-des-Saints! Et tu n'as qu'une vieille bicyclette aux pneus dégonflés.

Un matin neigeux, madame Courtemanche avait essayé de rejoindre l'été. Mais sa vieille bicyclette n'avait pas voulu traverser l'hiver.

L'hiver, madame Courtemanche allait dehors sans chapeau.

Elle avait toujours chaud et ne portait ni foulard, ni gants, ni manteau, ni passe-montagne! Elle n'enfilait que des robes d'été aux manches courtes.

Les villageois la croyaient pauvre et la plaignaient:

— Elle n'a pas d'argent pour s'acheter des vêtements d'hiver.

Un jour, de gentils voisins ont voulu lui donner un anorak, des bottes, des mitaines, une écharpe et un bonnet de laine. Mais madame Courtemanche les a rassurés:

— Je vous remercie, mais je n'ai pas besoin de ces vêtements d'hiver, car je suis l'été.

Madame Courtemanche marchait pieds nus dans les rues verglacées. La neige fondait sous ses pas et il n'y avait jamais de glace dans ses escaliers.

Autour d'elle, les vents froids devenaient des vents tropicaux. Elle réchauffait les vieillards, les malades, les vagabonds et les chiens perdus.

Quand elle passait près d'un érable gelé, l'eau d'érable se mettait à couler. Quand elle marchait dans un champ de blé d'Inde, les épis explosaient comme des bombes de maïs soufflé.

Elle avait les lèvres couleur de framboise et les yeux brillants comme des poissons. Elle avait les dents blanches comme des guimauves, les ongles en pétales de rose, les cheveux dorés comme le blé.

Elle était jolie comme tout!

Quand elle se promenait dans

un champ enneigé, elle réveil-
lait les petits animaux endormis.

Les mouffettes, les ratons laveurs et les marmottes se pensaient en été. Ils sortaient de leur terrier et pointaient le museau à travers la neige.

Quand madame Courtemanche allait patiner, du muguet, des fraisiers, des tulipes et des boutons d'or poussaient sur toute la patinoire. Les joueurs de hockey la suppliaient:

— S'il vous plaît, madame, allez patiner plus loin! À cause de vous, nous perdons notre rondelle dans les fleurs!

Pour se faire pardonner, elle réchauffait les gardiens de but qui avaient les pieds gelés.

Madame Courtemanche se prenait pour l'été. Elle avait un visage chaleureux. Elle souriait toujours, comme le soleil et les arcs-en-ciel.

Elle accrochait des cerises rouges à ses oreilles et portait des bracelets fabriqués avec des tiges de pissenlit.

C'était une femme rayonnante qui donnait des coups de soleil à ses amis frileux. Tout le monde l'aimait.

— Je suis chanceuse, disait-elle. Les gens aiment l'été.

Le jour de Noël, elle faisait chanter les cigales en choeur.

Le jour de Pâques, elle faisait du chocolat chaud avec les lapins en chocolat.

Les nuits d'hiver, tous les chats perdus allaient dormir sur son perron.

5
Le mariage des saisons

Monsieur Beauséjour se prenait pour l'hiver et il menait une vie triste. Mais il était gentil. Tellement gentil qu'il nourrissait les mouches avec de la mélasse.

Personne ne savait qu'il était si bon, parce que personne ne le connaissait. Les mouches étaient ses seules compagnes.

Un jour d'été, monsieur Beauséjour s'ennuyait beaucoup. Il est allé s'asseoir dans le parc, mais la fontaine s'est transformée en une sculpture de glace.

Les promeneurs n'étaient pas contents et ils lui ont lancé des roches. Monsieur Beauséjour a été obligé d'aller s'asseoir un peu plus loin, près d'une poubelle.

Il croyait que personne ne le regardait. Mais une madame l'observait, cachée derrière un arbre. C'était la madame qui se prenait pour l'été!

— C'est lui, se dit-elle. C'est monsieur Beauséjour qui se prend pour l'hiver!

Monsieur Beauséjour avait sa tuque à pompon enfoncée jusqu'aux oreilles. Il portait un manteau de fourrure, des mitaines d'Esquimau, un foulard rayé et des bottes poilues.

Il grelottait, assis au milieu d'un petit cercle de neige.

Les gens prenaient des photos et riaient aux éclats! Surtout quand monsieur Beauséjour enlevait la glace de ses lunettes avec son grattoir miniature.

Madame Courtemanche s'est dit:

— Pauvre monsieur! Je vais aller le réchauffer.

Elle s'est approchée de monsieur Beauséjour et s'est assise près de lui, sur le banc. Elle lui a souri.

— Bonjour. Il fait beau, n'est-ce pas? Êtes-vous monsieur Beauséjour? Moi, je m'appelle madame Courtemanche.

Monsieur Beauséjour n'en croyait pas ses yeux! Une madame venait de s'asseoir près de lui! Il n'avait jamais vu ça! Il a essayé de lui répondre:

— Aga, aga, agagaga...

Il était très nerveux et ne savait pas comment agir. Puis il

s'est levé afin de cueillir des pissenlits. Il pensait:

«Des pissenlits, c'est jaune,
mais c'est peut-être gentil.»

Quand il a offert les pissenlits
à madame Courtemanche, ils
étaient morts gelés. Horrifié,
monsieur Beauséjour a mur-
muré:

— Excusez-moi... j'ai les
mains pleines d'hiver...

Mais quand madame Cour-
temanche a pris les pissenlits,
les fleurs ont retrouvé leur jolie
couleur de canari!

Le monsieur qui se prenait
pour l'hiver faisait mourir les
fleurs de froid. Mais la madame
qui se prenait pour l'été les ra-
menait vite à la vie.

Quand elle a levé les yeux
pour remercier son nouvel ami,

madame Courtemanche a remarqué les mouches. Une dizaine de grosses mouches volaient autour de monsieur Beauséjour.

Chacune portait des petites lunettes de ski, une tuque, six mitaines et un foulard. Tous les foulards battaient dans le vent comme de minuscules drapeaux.

Madame Courtemanche a demandé:

— Est-ce que ce sont vos mouches?

— Euh... oui, répondit-il. Ce

sont mes amies. Regardez...

Monsieur Beauséjour a sorti un pot de mélasse de sa poche. Il l'a ouvert et les mouches excitées ont plongé dans la mélasse. Elles s'en pourléchaient les mandibules.

Madame Courtemanche était triste pour monsieur Beauséjour. Elle lui a dit:

— Ce n'est pas normal de vivre avec des mouches, près d'une poubelle, seul dans la neige en plein été.

— Vous croyez?

— Un monsieur gentil comme vous mérite une belle vie.

— Je suis gentil, moi? a demandé monsieur Beauséjour.

— Vous êtes le monsieur le plus gentil du monde, a répondu madame Courtemanche. Vous nourrissez les mouches et vous cueillez des pissenlits pour les madames.

La neige commençait à fondre un peu sur les joues rouges de monsieur Beauséjour. Madame Courtemanche a poursuivi:

— Les gens rient de vous, mais vous leur souriez quand même. C'est la preuve que vous êtes le monsieur le plus gentil du monde.

Madame Courtemanche regardait le monsieur qui se prenait pour l'hiver et pensait:

«Ce monsieur est tellement gentil qu'il me donne envie de devenir son épouse.»

Monsieur Beauséjour réfléchissait:

«Cette madame est tellement

généreuse qu'elle me donne en-vie d'être heureux.»

Il a ouvert la bouche et a bé-gayé:

— Madame, je... j'aimerais... je... je voudrais m'épouser... non! Ce n'est pas ça! Je voudrais vous épouser, oui, je voudrais vous épouser, madame Manche-Courte... euh... Courtemanche...

La madame qui se prenait pour l'été a accepté avec joie d'épouser le monsieur qui se prenait pour l'hiver.

Il y a eu une grande fête à Saint-Aimé-des-Saints. Une fête pour célébrer le mariage des saisons.

6
L'automne
et le printemps

Madame Courtemanche et monsieur Beauséjour étaient heureux ensemble.

Le monsieur se prenait toujours un peu pour l'hiver, mais il avait moins froid. La madame se prenait toujours un peu pour l'été, mais elle avait moins chaud.

Un jour, madame Courtemanche et monsieur Beauséjour ont eu un premier enfant. Le médecin leur a annoncé:

— Félicitations! C'est un petit garçon qui se prend pour l'automne!

Ce garçon avait toujours un petit nuage gris au-dessus de la tête. Et ce petit nuage le suivait partout. Parfois, le nuage crevait et la pluie tombait sur la tête du garçon. Ses parents l'ont appelé Marco.

Après la pluie, un petit soleil, pas plus gros qu'une orange, apparaissait au-dessus de la tête de Marco. Ce soleil lui séchait les cheveux et le suivait partout.

Mais un nuage gris se reformait ensuite et il pleuvait de nouveau sur sa petite tête.

Marco était parfois resplendissant comme sa mère. Mais il était parfois triste comme l'avait été son père. Lorsqu'il éternuait, des feuilles mortes lui sortaient

de la bouche. Il devait les ramasser avec un râteau.

Un jour, le monsieur qui se prenait pour l'hiver et la madame qui se prenait pour l'été ont eu un deuxième enfant.

— Félicitations! a dit le médecin. C'est une fillette qui se prend pour le printemps!

Cette fillette avait une dizaine d'oiseaux minuscules qui lui tournaient autour de la tête. Ces oiseaux, qui étaient des hirondelles, chantaient sans arrêt. Les parents ont décidé:

— Nous l'appellerons Martine.

Martine se prenait pour le printemps. Mais parfois, des nuages noirs apparaissaient au-dessus de sa tête! Les oiseaux avaient peur et se cachaient dans sa chevelure bouclée.

De petits éclairs jaillissaient entre les nuages noirs. Des éclairs pas plus gros qu'une fourchette.

Puis on entendait un faible grondement semblable au ronronnement d'un chat: c'était un petit tonnerre.

Cette fillette était parfois gaie comme sa mère, mais parfois colérique comme... comme qui?

Le père qui se prenait pour l'hiver disait:

— Moi, je ne suis jamais colérique.

La mère qui se prenait pour l'été disait:

— Moi non plus, je ne suis jamais colérique.

D'où venait la colère de la fillette qui se prenait pour le printemps? Personne ne le savait.

7
Une saison inconnue

Un jour, le monsieur et la madame ont amené Martine chez le médecin de Saint-Aimé-des-Saints. Ils voulaient savoir d'où venait la colère de leur fille qui se prenait pour le printemps.

Le médecin n'a pas remarqué le petit orage qui faisait rage au-dessus de la tête de Martine.

— Fais aaaaaaa!

Martine a fait «aaaaaaa!», mais le médecin n'a rien trouvé d'anormal. Puis il a entendu un petit tonnerre et il a cru que ça venait du ventre de Martine.

— Oh! Oh! Tu as des maux

d'estomac! Tu manges trop de bonbons!

Le médecin lui a donné un sirop contre les maux d'estomac. Puis il a conseillé aux parents:

— Ne la contrariez pas trop.

Les parents n'étaient pas satisfaits de leur visite chez le médecin. Ils voyaient, eux, les petits orages au-dessus de la tête de leur fille! Ils voulaient vraiment savoir d'où venait cette colère.

Un beau jour, monsieur Beau-séjour a eu une bonne idée.

— Nous irons consulter un spécialiste de la météo!

Mais le jour où ils sont allés chez le météorologue, Martine était de très bonne humeur! Les oiseaux lui tournaient autour de la tête en chantant. Elle n'était pas du tout en colère!

Le météorologue a déclaré:

— Je ne peux rien faire. Il fait trop beau dans le coeur de votre fille. Revenez quand il y aura une tempête.

Les parents étaient découra-gés. Ils ne savaient plus qui aller voir.

Un jour, ils ont décidé d'ame-ner leur fille chez un médecin spécialiste qui s'appelle un gé-rontologue. Mais ils ne savaient pas que les gérontologues étudient la vieillesse!

Quand il a aperçu Martine, le gérontologue a éclaté de rire.

— Une fillette! Mais je ne soigne pas les fillettes, moi! Je ne soigne que les grands-mères et les grands-pères!

En entendant les mots du gérontologue, le monsieur qui se prenait pour l'hiver s'est écrié:

— J'ai trouvé! J'ai trouvé!

Les colères de notre fille viennent de mon grand-père!

Le monsieur qui se prenait pour l'hiver avait eu autrefois un grand-père grincheux. Ce grand-père avait vécu une vie orageuse. Il s'était toujours pris pour l'orage.

8
Après la pluie,
le beau temps

Il n'y avait rien à faire pour Martine. Le gérontologue a expliqué:

— Il n'existe aucun sirop contre la colère.

— Ce n'est pas grave, ont répondu les parents. Nous l'aimons quand même avec ses petits orages au-dessus de sa tête.

Monsieur Beauséjour trouvait charmantes les colères de sa fille qui se prenait pour le printemps. Elles lui rappelaient son grand-père.

Un jour, Martine et Marco se sont chamaillés pour une raison idiote. Deux gros orages ont éclaté au-dessus de leur tête. Des éclairs effrayants zébraient l'image de la télé. Et des coups de tonnerre faisaient vibrer la vaisselle.

C'en était trop! Madame Courtemanche s'impatienta:

— Le jour où vous serez de bonne humeur, nous irons voir un photographe. Il fera une belle photo de famille.

Martine et Marco ont cessé de se tirer les cheveux. Ils se sont regardés et ont crié:

— Oui! Oui! On veut une photo de famille!

***

Le lendemain, tous les membres de la famille étaient de bonne humeur. Ce jour-là, le père, la mère et les enfants ont mis leurs plus beaux vêtements.

Ils se sont rendus chez le photographe. Jamais le photographe n'avait vu une famille comme celle-là! Et il a pris une photo incroyable!

Sur la photo, le monsieur qui se prend pour l'hiver est recouvert d'une neige poudreuse de Noël. Il ressemble à une grosse meringue en forme d'ange. Deux mouches font du ski sur son nez en trompette.

Les cheveux de la madame qui se prend pour l'été ressemblent aux flammes d'un feu de camp. Ses yeux brillent comme des étoiles dans la nuit. Elle a une cigale sur le bout du nez et des cerises accrochées aux oreilles.

Les hirondelles tournoient comme des notes de musique autour de la fillette qui se prend pour le printemps. Dans ses cheveux, des petits arcs-en-ciel lui servent de barrettes. Une chenille se repose sur son nez.

Un petit soleil brille au-dessus du garçon qui se prend pour l'automne. Devant le soleil passent des oies blanches. Comme des accents circonflexes semés dans le ciel. Un papillon est posé sur son nez.

Avant de prendre la photo, le photographe a dit:

— Attention! Le petit oiseau va sortir!

Et le petit oiseau est sorti de l'appareil du photographe!

L'oiseau s'est amusé un instant avec les hirondelles, autour de la fillette qui se prenait pour le printemps. Puis il a rejoint les oies, au-dessus du garçon qui se prenait pour l'automne.

Il a ensuite volé parmi les étoiles qui brillaient dans les yeux de la madame qui se prenait pour l'été.

Puis, le petit oiseau s'est perché sur la tête du monsieur qui se prenait pour l'hiver. Il s'est

mis à chanter comme un rossignol parce qu'il s'agissait d'un rossignol.

Cette famille était la plus drôle de Saint-Aimé-des-Saints.

Aujourd'hui, cette photo de famille est dans un cadre. Et le cadre est posé sur une étagère, dans le salon.

Madame Courtemanche, monsieur Beauséjour, Martine et Marco regardent souvent cette photo en riant. Ils se disent:

— C'est un beau souvenir! C'est si rare que nous nous prenons tous pour le beau temps en même temps!

Table des matières

Achevé d'imprimer
sur les presses de Litho Acme Inc.